H.-C. ANDERSEN

Ce que fait LE VIEUX est bien fait

ADAPTÉ PAR MARIE COLMONT
IMAGÉ PAR F. ROJANKOVSKI

ALBUMS DU PÈRE CASTOR • FLAMMARION ÉDITEUR

ISBN : 2-08-160252-0 — ISSN : 0768-3340

Sur le bord de la route, il y avait une pauvre maison comme on en voit souvent à la campagne : la mousse et les herbes poussent sur le toit de chaume, les murs sont penchés, les fenêtres basses. Des buissons de sureau, un vieux saule tout noueux, ombragent une petite mare où se baignent une cane et ses canetons, et un chien à l'attache aboie à tous les passants.

Dans cette pauvre maison habitait un couple de vieux. Ils ne possédaient pas grand'chose sur cette terre qui ne leur fût indispensable, si ce n'est un cheval qui paissait l'herbe des fossés de la route. Le vieux le montait pour aller à la ville, il le prêtait à ses voisins qui lui rendaient de menus services en retour. Mais les deux vieux se disaient qu'ils en tireraient meilleur profit en le vendant ou en l'échangeant.

—Tu décideras ce qui vaut le mieux, dit la vieille femme à son mari. C'est aujourd'hui jour de marché. Mène le cheval à la ville et tires-en ce que tu pourras : argent ou autre chose. Tout ce que tu feras sera bien. Mais hâte-toi !

Elle lui noua son foulard au cou, avec un double nœud coquet, épousseta de la main son chapeau, l'embrassa et le mit en route, bien droit sur son cheval. Oui, oui, sûrement le vieux saurait se décider pour le meilleur parti !

Le soleil était brûlant ; pas un nuage au ciel. Dans la poussière de la route, toute une foule de gens se pressait vers le marché, qui en carriole, qui à cheval, qui sur ses propres jambes. Quelle chaleur sur cette route sans ombre !

Vint à passer un homme qui menait une vache, une très jolie vache. « Quel bon lait elle doit donner ! songea le vieux. Je ne ferais pas une mauvaise affaire en la prenant. »

— Hé ! l'homme ! Je sais bien qu'un cheval vaut plus cher qu'une vache, mais qu'importe ! Voulez-vous que nous fassions l'échange ?
— Sûrement répondit l'homme, qui prit le cheval et s'en fut.

Le vieux aurait aussi bien pu rentrer chez lui, puisque l'affaire était terminée. Mais il s'était mis en tête d'aller au marché.

Il irait au marché, ne fût-ce que pour se divertir.

Le voici donc pressant sa vache sur la route.

Comme il marchait vite, il rattrapa un homme qui conduisait un mouton gros et gras, bien vêtu de laine.

« Voilà un animal que j'aimerais avoir, se dit le vieux. Il paîtra le long de la route, et, réellement, ce serait plus raisonnable pour nous d'avoir un mouton qu'une vache.

— Ohé ! l'ami ! Faisons-nous échange ?

L'autre n'y étant que trop disposé, notre vieux partit tout guilleret avec le mouton.

Devant lui marchait un homme qui portait sous le bras une grosse oie. « Oh ! oh ! dit le vieux, que voilà un lourd personnage ! Plumes et graisse autant qu'on en veut ! Comme ce serait plaisant d'attacher cette bête près de notre petite mare ! Je vois déjà ma bonne femme recueillant nos restes pour la nourrir. Combien de fois ne lui ai-je pas entendu dire : « Ah ! si seulement nous avions une oie ! »

— Voulez-vous faire échange, mon brave homme ? Mon mouton contre votre oie, et je vous dirai merci par-dessus le marché. L'homme, naturellement, n'y vit aucun inconvénient, et notre vieux prit l'oie.

Il était maintenant aux portes de la ville, bien fatigué par la chaleur et par cette foule de gens et de bêtes qui le bousculait de toutes parts, se pressant sur les deux côtés de la route pour passer tour à tour devant la maisonnette de l'octroi.

L'homme de l'octroi
avait attaché sa poule dans son jardinet.
C'était une jolie poule bien ronde et dodue, qui clignait d'un œil en faisant « clouc, clouc ». « Oh ! la jolie poule ! » se dit le paysan.
— Si nous faisions l'échange ? proposa-t-il.
— Bonne idée ! fit l'homme de l'octroi en prenant la belle oie grasse.

Sa poule sous le bras, notre vieux entra en ville. Il avait chaud. Il se sentait las. Que d'affaires il avait traitées depuis son départ de la maison ! Il lui fallait maintenant se reposer un peu, boire un verre de bière, manger un morceau de pain. Il se dirigea donc vers l'auberge.

Comme il allait entrer, un gamin sortait, portant un sac plein à craquer de quelque chose.

— Qu'as-tu donc là ? demanda le vieux.

— Des pommes gâtées, dit le gamin. Un plein sac pour la nourriture des cochons.

— Des pommes ! Que ma femme serait heureuse d'en avoir tant à la fois ! Nous qui n'en avons eu qu'une seule l'an passé sur tout notre pommier !

— Que me donneriez-vous donc pour les avoir ?

— Donner ? Pardi ! Je te donnerai ma poule !

Il donna la poule, prit le sac et entra dans l'auberge.

Le vieux s'en fut droit à la salle, posa son sac debout contre le poêle, sans s'aviser que celui-ci était allumé, et regarda autour de lui. Il y avait là toutes sortes de gens étrangers à la ville, et notamment deux Anglais qui semblaient riches et de joyeuse humeur.

— Shh ! Shh ! firent soudain les pommes, qui se mettaient à cuire.

— Quel est ce bruit ? demandèrent les gens.

Et bientôt ils surent comment notre vieux, parti sur son cheval, l'avait d'abord échangé contre une vache, puis finalement contre un sac de pommes blettes.

— Mon pauvre homme ! s'écria l'un des Anglais, quelle râclée en rentrant à la maison!

— Râclée ? répondit le vieux. De bons baisers, oui, et la vieille dira : « Tout ce que fait le vieux est bien fait.»

— Parions ! s'écria l'autre Anglais. Je parie bien une centaine de livres contre !

— Disons plutôt un boisseau, fit le vieux, car je ne puis mettre en face que ce boisseau de pommes.

— Tope-là ! crièrent-ils tous.

La carriole de l'aubergiste s'avança, et l'on entassa dedans
les deux Anglais, le vieux, le sac de pommes.
Les voilà partis à toute vitesse auprès de la vieille.

— Bonsoir, femme !
— Bonsoir, mon homme !

— Voilà ! Je n'ai pas vendu le cheval, je l'ai échangé.

— Parfait ! dit la vieille, ne remarquant ni le sac, ni les visiteurs.

— Je l'ai échangé contre une vache.

— Oh ! Quelle bonne idée ! Une vache ! Nous aurons donc du lait, de la crème, du beurre, du fromage !

— C'est qu'ensuite j'ai échangé la vache contre un mouton.
— De mieux en mieux ! Tu es toujours si prévoyant ! Nous avons tout juste assez d'herbe pour un mouton, et nous aurons du lait de brebis, et du fromage de brebis, et des chaussettes et des gilets de laine en plus !
— Mais j'ai échangé le mouton contre une oie...
— Une belle oie grasse !

Nous fêterons donc la Noël cette année !
— Ah ! dit le vieux, l'oie n'est plus à nous. Je l'ai échangée contre une poule.

— Une poule ! Une poule pondra des œufs, les couvera, et nous aurons des poulets. Songe donc : un poulailler, le rêve de toute ma vie !

— Il te faut l'oublier, femme. J'ai échangé la poule contre un sac de pommes blettes.

— Viens ici, que je t'embrasse, cria la femme, et que je te raconte quelque chose. Figure-toi que j'avais décidé de te faire une omelette aux fines herbes. J'avais bien les œufs, mais pas les fines herbes. J'allai donc chez notre voisine, qui a du beau persil. Mais que pouvais-je lui donner en échange ? Rien ne pousse dans notre jardin, rien, pas même une pomme pourrie.

Maintenant, elle pourra en avoir un sac entier ! Oh ! que je suis contente, mon cher mari ! Et elle l'embrassa une fois de plus.

— Bravo! crièrent les Anglais. Voilà une femme qui a réellement belle humeur. Cela vaut bien l'argent du pari.

Et, tout contents, ils versèrent au paysan le boisseau d'or convenu.

Aubin Imprimeur, Poitiers – 07-1997. Dépôt légal : 1er trimestre 1950. – Flammarion et Cie, éditeurs (N° 0252). – N° d'impression P 54397

Loi n° 49-956 du 16 juillet 1949 sur les publications destinées à la jeunesse